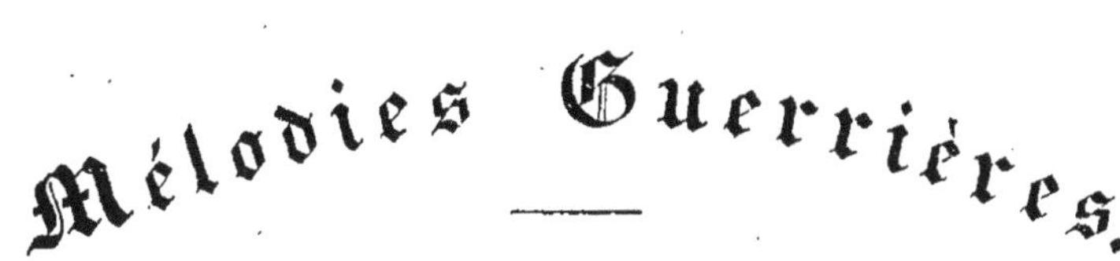

Mélodies Guerrières.

LA

BÂTAILLE

DE

MARENGO.

Prix : 1 fr.

PARIS,

PÉLICIER et CHATET, Libraires, Place du Palais-Royal ;
PONTHIEU, Libraire, Palais-Royal ;
MONGIE aîné, Libraire, boulevard des Italiens.

1826.

LA BATAILLE

DE

MARENGO,

Mélodie Guerrière.

Paris,

Pélicier et Chatet, libraires, place du Palais-Royal;
Ponthieu, libraire, au Palais-Royal.
Mongie aîné, boulevard des Italiens.

1826.

LA BATAILLE

DE

MARENGO,

Le soleil s'est levé : vents, bercez mollement,
Dans le liquide azur qui roule au Firmament,
Ce fier navire d'or, dont les brillantes voiles
Inondent de clarté le séjour des étoiles,
Tandis que poursuivant son voyage immortel,
Il cingle à l'Occident sur les vagues du ciel.
Mais de ce vaisseau d'or, est-ce vrai, des Génies
Attachent-ils leurs yeux sur nous, sur nos dangers,
Et pour un court voyage embarqués passagers,
Chantent-ils nos exploits en mâles symphonies ?
La gloire, le renom, ces rêves des humains,
Ces fictions, que sais-je, enfin ces météores,
Qui nous captivent tous par leurs éclats sonores,
Sur les Esprits formés d'élémens plus divins
Ont-ils le même empire, et ces nobles chimères
Ont-elles subjugué les dieux des hautes sphères ?
Anges guerriers ! montez vos luths aériens,
Bonaparte s'élance aux champs Ausoniens;
Il franchit l'Apennin; deux lugubres armées
Autour de Marengo développent leurs rangs;
Oui, de la Bormida les rives alarmées
Gémissent sous les pas de tant de combattans :

Spectacle belliqueux ! Des feux de ces deux camps
Les campagnes , le soir, se montraient allumées !
L'Italie en suspens voit s'ouvrir le matin
Qui dans les jeux de Mars doit fixer son destin.

Poésie empyrée , oui , voilà ton partage !
Prélude , Ange guerrier ! Que plus d'un vieux courage
A tes brillans accens retrouvant sa chaleur ,
S'écrie avec transport : Là fondit ma colonne,
Là mon sang a jailli sous un plomb destructeur ;
Là je vainquis , et là, si la France l'ordonne ,
Pour de nouveaux exploits retrouvant ma valeur,
J'iraichercher ma tombe à l'appel de l'honneur.
Déjà dans les deux camps la trompette sonore
De ses accens d'airain a salué l'aurore ;
Et de la Bormida franchissant le torrent,
Mélas a déployé ses lignes dans la plaine.
Les voilà ces Germains pleins d'une ardeur soudaine ,
Fiers d'avoir reconquis l'Italie en courant !
Mais redeviendraient-ils les dieux de l'Italie ?
Eh quoi ! cet Eridan sur ses fertiles bords
Épancherait par eux ses orageux trésors !
Il désaltérerait de son onde avilie
Le coursier du Pandour ; et des républicains
L'étendard s'enfuirait du front des Apennins !

Haddik et le vieux Kaim , à leur poste fidèles,
Couronnent la campagne et se forment en ailes :
Mais au centre est le fier , le superbe Oreilly ;
Noires comme la nuit, ses tribus intrépides
Prolongent sur le front leurs lignes homicides :

Le vieil Ott en réserve est plus loin établi.
Là, de hauts grenadiers, vétérans de Bellone,
Obscurcissent un mont de leur sombre colonne ;
On dirait un vautour, sauvage roi des airs,
Sur la pointe d'un roc ouvrant ses ailes noires,
Et guettant l'hydre verte, effroi de ces déserts ;
Tels ces Germains, bercés de douceurs illusoires,
Demandent dans leur cœur le signal des victoires.
Elnitz, le brave Elnitz, comme un long tourbillon,
Des rangs de ses coursiers rembrunit l'horizon.

Mais de l'autre côté quel coup d'œil héroïque !
Contemplez : une adroite et savante tactique,
S'avantageant partout du sol et des ravins,
Range par échelons nos fiers républicains.
Le premier, c'est Gardanne : en ordre de bataille
Il se déploie au front de ce vaste tableau :
Au centre Chambarlak protége Marengo ;
Dans ce village encor sommeille la mitraille ;
Sur leurs orbes roulans, deux cents bouches d'airain
Couronnent ses abords de leur file terrible ;
Des braves sont debout, les torches à la main.
Conserve Marengo, Chambarlak invincible !
Conserve-le ; ce poste est digne de ton cœur !
Mars va s'y diriger dans toute sa fureur.
L'aile droite obéit à ce valeureux Lannes !
Son glaive a moissonné les palmes ottomanes ;
Terreur des Mamelouks, et toujours des premiers,
Il foudroyait naguère et l'Arabe et le More,
Joyeux de respirer dans leurs bois de palmiers

Ce zéphire étonné de l'éclat tricolore ,
Que berçaient dans leurs jeux les ondoyans cimiers.
A peine de retour des sables de l'aurore ,
Ici son premier pas fut un triomphe encore ;
Et de Montébello le nom déjà vanté
Escortera sa gloire à l'immortalité.
Telle brille plus vive au bord de sa carrière ,
Cette planète d'or qui baise l'horizon ;
On dirait , dans l'espace , une urne de lumière ,
Qui dans le bleu des cieux verse, épanche à foison
Ces liquides clartés dont l'œil se désaltère.

Vois , encore hâlé du soleil musulman ,
Vois ce héros qui doit régner sur Parthénope !
Là , sa cavalerie en deux parts développe
Ses fougueux escadrons remplis d'un noble élan ;
Champeaux commande à droite , à gauche Kellerman.
Mais Saint-Cyr loin des coups exile son courage :
Le Consul en réserve a placé ses lions.
Apprêtez vos mousquets , illustres légions !
Il viendra le moment de voler au carnage !
Bonaparte ! un penser t'arrête en tes projets !
Dois-tu de Rivalta faire venir Desaix ,
Qui loin du champ d'honneur préparant les alarmes ,
Devait de l'ennemi foudroyer les chemins ,
Si d'un engagement redoutant les destins ,
Dans le midi Mélas eût reporté ses armes ?
Il fixe.... il a fixé ses esprits incertains :
Il cède aux vœux secrets d'un dieu qui l'importune :
Oui, Desaix reviendra de ses postes lointains.

Bonaparte est toujours l'homme de la fortune !
Pourquoi donc élever aux honneurs souverains,
Pourquoi faire un géant de ce chef des humains ?
O fortune ! pourquoi tant de succès immenses !
Pour épuiser sur lui l'urne de tes vengeances,
O ciel ! pour l'enchaîner au vaste sein des mers,
Où, projetant d'un roc sa grande ombre sur l'on
Ce fantôme ; debout aux limites du monde,
Troublait dans leurs festins les rois de l'univers.

Contemplez Bonaparte ! On dirait un Achille
Volant de toutes parts sur son coursier agile !
D'une sublime ardeur remplissant les soldats,
Il voit, combine tout, prépare les combats.
Mais par quel ascendant, par quels magiques charmes,
Ce héros dans sa main tient-il les cœurs brûlans
De ces hommes de fer, de ces durs combattans,
De ces hommes vieillis au milieu des alarmes ?
Es-tu donc un démon, réponds, un demi-dieu ?
Le Kôran à la main, qu'un homme au cœur de feu,
Remuant le levain d'une divine ivresse,
Ait enflammé l'Arabe en se déifiant,
On conçoit ces transports dans l'aveugle Orient ;
Mais ici pour un homme à mourir tout s'empresse,
Quand les siècles vieillis enfantent la sagesse ;
Il paraît ! tout s'enflamme ; un sublime transport
Se réveille, et l'idée avec effroi mesure
Les palpitations qui battent sous l'armure :
Tel regrettait son toit et maudissait son sort,
Qui dès l'instant soudain que ce dieu des batailles,

Petit dans sa stature et guerrier couronné,
De ses aides-de-camp en pompe environné,
Est apparu, se sent ému dans ses entrailles ;
Le feu de l'héroïsme en son sein s'éveillant,
A fait d'un soldat faible un tigre étincelant.
Attend-il des Houris comme un Turc qui succombe?
Se promet-il les cieux comme un pieux croisé ?
Non, des prestiges vains l'homme est désabusé ;
De charmes dépouillant le désert de la tombe,
L'âpre philosophie, au malheureux mortel,
N'offre avec le trépas qu'un néant éternel !

      Ses phalanges sont embrasées
      D'un courroux exterminateur ;
      Pour ces âmes électrisées
Que l'heure du combat s'avance avec lenteur !
Tout est calme ! Un silence, un funèbre silence
Embrasse des deux camps la perspective immense :
Du cercle horizontal dans les immensités
Le jour fait déborder une mer de clartés !
Le calme des tombeaux plane sur les armées !
Là vont se décider les intérêts fameux
De ces deux nations de vengeance enflammées.
L'empyrée, ô Consul, sur toi tout a les yeux !
Et les Consuls romains, de la sphère des cieux,
Descendent lentement sur un brillant nuage.
Camille, Marius, Brutus, les Scipions,
De l'azur infini fendant les régions,
Accourent contempler leur radieuse image,
Ce Consul des Français jeune et rempli d'ardeur,

Assemblage éclatant de gloire et de splendeur.
Marengo ! lieu fameux de l'un à l'autre pôle !
Tu vas voir s'élever ou tomber cette idole ;
Des saintes libertés hardi profanateur,
Il brisa dans Saint-Cloud leurs haches illusoires :
Bonaparte vaincu n'est qu'un usurpateur ;
Vainqueur, c'est Périclès, c'est un héros sublime
Qui des discords sanglans a refermé l'abîme,
C'est un grand homme, un dieu digne de nos autels.
Tels sont les jugemens de la terre où nous sommes !
Hélas ! quelle pitié ! quel troupeau que les hommes !
Et comment se résoudre à chérir les mortels !,
Si j'abîme un regard dans le sein de nos villes,
J'y vois avec dédain ces hommes détestés
Se consumer après de l'or, des dignités.
Dieux ! que de vains soupirs et que de vœux stériles !
Goûtez-vous de la vie, ô mortels, dont les jours
Coulent ensevelis sous le poids des affaires ;
Soldats de l'intérêt, vous suivez des chimères
Qui flattent votre espoir et s'éclipsent toujours !
Le temps fuit, vous ployez sous le faix des années,
Vous gémissez alors ; je ris de vous ouïr
Demander au passé ces brillantes journées,
Dont vous avez toujours oublié de jouir.
Ma bien-aimée ! ô viens, loin du char des richesses,
Semons notre printemps de fleurs et de caresses,
Et nous laissant bercer, livrons-nous au courant ;
Sous l'ombre du bonheur que notre barque glisse,
Dans les bras l'un de l'autre, un sommeil de délice
Nous conduira, comme eux, à la mer du néant.

L'Archange martial protecteur de la France,
Dressant contre le ciel la pointe de sa lance,
Brille, auprès du Consul, du plus riche appareil;
Et son bouclier d'or sur les lignes muettes,
Superbe, étincelant parmi les baïonnettes,
Sur un autre horizon semble un autre soleil.
Mais que vois-je? du fond de l'âpre Germanie,
Du peuple autrichien accourt l'ardent Génie!
Le voilà! La framée arme son bras nerveux;
Un casque aux pointes d'or presse ses blonds cheveux!
Tel le chantre Écossais peint l'objet de ses larmes,
Le beau, le jeune Oscar brillant de tous ses charmes.
Auprès de son cimier brillent deux ailes d'or
Qu'on dirait sur les vents prendre un léger essor.
Ses pas font retentir une cotte de mailles!
L'éclair joue et reluit sur son pavois d'acier!
Lorsque du Wahalla s'élançant aux batailles,
De sommets en sommets, au théâtre guerrier
Il accourait, léger, superbe et l'œil altier,
Objet des tendres soins des blondes Walkiries,
Il reçut de leurs mains, de leurs mains si chéries,
Ce glaive étincelant, précurseur du trépas.
Les héros des Germains rayonnent sur ses pas:
Une nue aux flancs noirs, d'une course rapide,
Du pôle boréal s'élève dans le vide...
Les demi-dieux germains éclatent au-dessus!
De cuirasses de feu ces cohortes armées,
En reines de l'Éther, volent sur les armées!
Le vaillant Witikind, le fier Arminius
Sur des trônes de nue éclatent, resplendissent,

Des Scaldes éthérés les harpes retentissent ;
Leurs modulations dans les airs s'élevant ,
Expirent par degrés sur les ailes du vent.

De l'empire allemand le belliqueux Génie ,
De son glaive à grands coups fait mugir son pavois.
                    A cette voix ,
La guerre étend son vol dans la sphère infinie :
Cent foudres ont mugi , cent mugissent encor ,
Et mille autres soudain ont fait voler la mort.
Effroyable cahos ! Sur des roches profondes
Le Nil en cataracte abandonnant ses ondes ;
Le foudre aux mille dards fatiguant les vallons
Et les échos profonds de sons féconds et longs ;
Rien n'égale la voix , cette voix de la guerre ,
Qui frappe les humains d'un trouble involontaire ;
Un rideau de fumée erre sur les autans ,
D'un funéraire deuil voile les combattans ,
Et la scène où maint brave ensanglante la terre.
Haddick , le héros Kaim fondant des deux côtés ,
Entourent de leurs rangs par la fougue emportés ,
L'Avant-Garde française à leur rage exposée ,
Qui de grêles de fer foudroyée , écrasée ,
Hésite , se roidit ; balance , et dans l'instant
Auprès de Marengo recule , en déchaînant
La tempête de Mars en ses mains embrasée.
Sur ce p oste important alors , avec fracas ,
Voyez fondre en courroux les forces germaniques :
Vers notre aile Haddick se déploie à grands pas ;
Enveloppera-t-il nos drapeaux héroïques ?

Mais Kaim et Chambarlak se joignent en fureur !
Cent bronzes enflammés dans nos files mugissent ;
Des orages d'obus éclatent, retentissent ;
La mort promène au loin son sabre destructeur.

J'ai vu des Océans roulant leurs flots sauvages,
Dévorer de vieux caps respectés par les âges,
Haussant leur grande voix, répondre avec orgueil
Aux hurlemens des rocs, repousser aux rivages
Ce déluge écumant que leur rendait l'écueil ;
Sous l'équateur j'ai vu ces vents épouvantables,
Que le globe en tournant rencontre furieux,
D'une poudre brûlante envelopper les cieux,
Et le dieu du désert dans ses mornes de sables ;
Du faîte du Jura j'ai vu, contre ses flancs
Des nuages se rompre au gré des ouragans ;
Moi, couronné d'azur, j'ai sur ces murs de nues,
Du foudre au vol de flamme, aux ailes étendues,
Regardé les éclairs fuir en serpens de feu,
Et mourir sous mes pieds comme sous ceux de Dieu :
Ces sublimes horreurs qu'enfante la nature
Dans ses convulsions, lorsqu'elle se torture,
Mortels, n'égalent point ces jeux ensanglantés,
Ces jeux cruels de Mars par vous-même inventés !
Comme un trait de la mort, qu'ici-bas rien n'arrête,
Viennent impétueux les soldats d'Oreilly ;
Et d'un feu dévorant tout à coup accueilli,
Oreilly marche : au gré de leur fureur muette,
Alors les deux partis au carnage entraînés,
Ivres de sang, d'ardeur, l'un sur l'autre acharnés,

Perdus dans une mer de fumée et de poudre,
Succombent par milliers sous une aveugle foudre :
Vainqueurs, vaincus, tout roule au sein du tourbillon !
Que de vie ont éteint parmi ces funérailles,
Le sabre de la mort, le volcan des batailles !
Que de preux de leur sang ont rougi le gazon !
Hélas ! à nos regards le carnage est horrible :
Vain effroi ! la nature à ces maux insensible,
Dans les débris détruits rajeunit sa beauté,
Et nourrit dans la mort son immortalité.
Sur ces champs tout sanglans le soleil va sourire ;
Là, versant l'urne d'or de la fécondité,
Le printemps fleurira, les moissons de l'été
Plus riches rouleront sous les jeux de Zéphire.
Au milieu des cités, sur les mers, aux combats,
Les malheureux humains sont des chiffres, hélas !
Dont la nature calme, insensible aux prières,
Fait ses calculs, se sert, sans y mettre du prix.
Eh quoi ! les conquérans, avec ce froid mépris,
Ne se servent-ils pas des nations guerrières ?
Sourds comme la nature, ils suivent leurs desseins :
La nature frappant de sa faux meurtrière
Ces héros, les remet au niveau des humains,
Et les rois des mortels ne sont plus que poussière.

Lannes ! que faisais-tu, courage audacieux ?
Par l'ordre du Consul sur la ligne il s'élance,
Il vole comme un trait.... contre lui Kaim s'avance ;
L'espace est déchiré de mille et mille feux ;
Cavaliers, fantassins, de leur masse ennemie

Accablent vainement notre ligne affermie ;
L'haleine des canons se déroule sur eux.
Voyez l'Autrichien ! son feu nous environne !
« Que Champeaux marche, a dit Napoléon,
» En avant ! » de hussards une longue colonne
Étincelle de feux , part comme un tourbillon ;
Le glaive a resplendi ! la trompette résonne !
Léger comme l'aiglon , sur les Impériaux.....
Ciel ! un plomb homicide a renversé Champeaux !
Jeune héros, tu meurs ! tu meurs, et ton amante
Se plaît à préparer, dans une douce attente ,
Les vêtemens d'hymen dont tu dois te parer !
Ainsi d'un lis charmant la tige printannière
Enchante les loisirs d'une jeune bergère ,
Mais l'aquilon rugit et vient le dévorer.
Ta Clarice , ô Champeaux , de l'espoir de sa flamme ,
Se berce aux bords du Loir, ignorant ton trépas !
Combien elle t'aimait ! le contour de ses bras
Formait un horizon..... l'horizon de ton âme !
Et dans ses beaux cheveux, des Zéphires charmés
Tu respirais jadis les soupirs embaumés !
Oui , l'amour est sublime ! oui , l'âme est agrandie ,
Oui , l'âme , aux premiers feux dont l'embrase l'amour,
Savoure le bonheur du céleste séjour !
O toi qui nous créas , Providence infinie ,
Sans doute tu voulus, de la divinité
Nous offrant le nectar et la félicité ,
Enivrer quelque instant de cette courte vie.
Trompeuse illusion ! mais la réalité
Vient , qui de nos erreurs dissipe le nuage.

Lorsque j'aimai jadis, au printemps de mon âge,
L'amour, à mon esprit de prestige enchanté,
Semblait un don divin de la Divinité :
L'amour offrit sa coupe à mon âme altérée;
Je n'y bus que dégoûts et que fades plaisirs !
Est-ce la peine, amis, de s'user en soupirs,
De languir aux genoux d'une amante adorée?
Votre ardeur se promet d'ineffables transports;
A l'ardeur de vos sens, non, rien ne va répondre;
Vos cœurs s'appelleront, la cloison de vos corps
Empêchera toujours vos cœurs de se confondre :
Tous deux tendres, aimans, tous deux brûlans d'ardeur,
Il manquera toujours à vos vœux quelque chose;
L'imagination dans ce bouton de rose
Avait bien plus promis de parfum et d'odeur !

Quelle manœuvre !... ô ciel ! les tribus boréales
Ces escadrons qu'Elnitz guide aux champs du trépas,
Ont longé du torrent les rives inégales;
Les voilà tout à coup, ces enfans des Vandales !
Débordant l'aile droite, ils fondent sur nos pas,
Dans l'espace isolé qui sépare nos lignes.
Bonaparte ! vois-tu ces manœuvres insignes?
J'entends, j'entends déjà nos braves accourir :
Rien n'échappe au Consul, il y lance Saint-Cyr.
Ferme au péril, déjà la garde consulaire
Dans l'espace en danger se prépare à mourir;
Du sang autrichien elle abreuve la terre.
Rassurez-vous, Saint-Cyr arrive ; il est cerné !
Son redoutable corps, de feux environné,

Au torrent des Germains que la victoire entraîne,
Oppose sans effroi l'ardeur républicaine,
Comme une citadelle à Manille, à Bantam,
Résiste aux longs assauts du noirâtre Océan.
Au milieu des Germains cette élite s'arrête.
Ses carrés adossés enfantent la tempête.
Mais Elnitz brave tout; nos feux et nos efforts.
De sa colonne enfin il se met à la tête,
Saint-Cyr. Tout est perdu : sur des monceaux de morts,
Il fait à Ceriole une lente retraite.
Joyeux, Arminius s'agite, et dans les airs,
Les Scaldes de sa cour redoublent leurs concerts;
L'Allemagne en sourit; et de son harmonie
Le luth qui réjouit le séjour des éclairs,
Met dans les cœurs mortels une ardeur inouïe.

Que devient cependant le héros des Français?
Sombre comme la nuit son âme est toujours fière.
Sur la seconde ligne amenant la première,
De quel grand mouvement forme-t-il les apprêts?
Il pèse les momens au fond de sa pensée !
Si ce soleil encor voit arriver Desaix,
L'Autriche qui frémit, l'Autriche est terrassée.
Le héros de Valmy, l'illustre Kellerman,
Dont un ordre suprême enchaîne encor l'élan,
Volera contourner les hordes germaniques,
Si Desaix n'a bientôt secondé son dessein.
Ainsi ce conquérant, dans les terreurs publiques,
Toujours calme, toujours l'œil sûr, le front serein,
Prévoit, dispose, abonde en savantes pratiques.
La sagesse des Dieux repose dans son sein !
Quel rayon détaché de la divine essence,

A quelques mortels seuls donne la prescience ,
La gloire, le génie, inspirent ces vertus
Que l'homme fatigué cherche et ne trouve plus ,
Et dont enfin il a, comme dans un abîme,
Au sein même de Dieu mis la source sublime.
Mortels favorisés de leur astre en naissant ,
Quelques-uns ont reçu ce céleste présent;
Et le reste enchaîné dans une obscure vie,
Troupeau fait pour servir, regarde et s'extasie.
Nous sommes tous égaux cependant devant Dieu !
Eh ! pourquoi donc à l'un sa sagesse infinie
Donne une âme de boue, à l'autre une de feu ?
Des morts et des drapeaux ont jonché la prairie.
L'Archange protecteur du trône impérial,
Embrase les Germains de son feu martial.
Soudain, d'un vol heureux, l'Ange de la patrie
Vient hâter de Desaix la phalange aguerrie.
Mais ce Brave, fidèle aux ordres souverains ,
Accourait; il s'avance en colonne pressée;
Le Génie a volé vers ces républicains.
Ils dévorent le champ sous leur course empressée.
Triomphe ! dans les airs il allonge à l'instant
De son bouclier d'or l'orbe resplendissant :
Telle, se dégageant de l'horizon immense,
L'étoile de Cypris, riche de mille feux,
A des bergers perdus dans des ravins affreux,
Du vainqueur de la nuit annonce la présence,

Bonaparte, oppressé, respire à ce signal.
«La victoire est à nous ! voici l'instant suprême. »
Victoire ! Autrichien, c'est ton moment fatal.
Parmi nos étendards le Consul court lui-même;

Ses yeux sont des éclairs, ils jettent feu sur feu;
Sous l'aile de la gloire il apparaît en dieu.
Quel charme inspire donc cette face sévère?
Pourquoi ces grenadiers, soldats nourris de sang,
Ces hommes au cœur dur, au naturel austère,
Eprouvent-ils pour lui cet attrait si puissant,
Ce charme qui séduit, émeut, subjugue, entraîne?
Il leur semble, en voyant ce fameux capitaine,
Sa majesté, sa grâce et son noble appareil,
Que l'Eternel, jadis, dans la sublime sphère,
Par erreur, au moment de créer un soleil,
Créant Napoléon de la même matière,
Vit jaillir de ses mains ce mortel fortuné,
Comme un astre superbe, une étoile de gloire,
Qui devait captiver la Muse de l'histoire,
Et porter la terreur sur ce globe étonné.
« Assez, dit-il, assez de marches en arrière!
        « Français, voici l'instant
        « De marcher en avant! »
Sa voix fait des héros de son armée entière.
La guerre se réveille, il n'est plus de terreur;
De mille explosions sur l'armée ennemie
Soudain elle déchaîne un roulant incendie.
Le brave, ivre de sang, tressaille de fureur.
Partout l'ordre est donné; partout la charge sonne;
Partout succède au feu la lame de Bayonne;
Toute la ligne immense à bataillons serrés,
Marche, le sol gémit sous ses pas mesurés.
Déjà, superbe enfant de l'antique Allemagne,
Déjà tu croyais donc tes triomphes certains,
Mélas? pour couronner tes prospères destins,
Tes aigles conquérans, embrassant la campagne,

Volaient à notre gauche et cernaient nos chemins :
Desaix paraît ; vers lui soudain un ordre vole ;
Qu'il lance ses guerriers, qu'il presse les Germains ;
Descends, Saint-Cyr, descends de Castel-Cériole !
Entouré d'une nue, on dirait le Trépas
S'élançant sur les flancs des lignes de Mélas.
Le Consul au combat vole avec sa colonne. :
Alors de tous côtés le foudre retentit
        Sur l'Autrichien interdit ;
    La République le moissonne.
Et toi, Génie heureux, qui sur le chef français
Epanches les lauriers du ciel où tu te plais,
Agite sur les vents l'étendard tricolore !
Il guide, impétueux, contre les rangs épais,
Contre Kaim, Oreilly, qui résistent encore,
Grenadiers à cheval, cuirassiers et dragons,
Et ceux dont les coursiers emportent les canons.
Il est d'heureux instans pour l'amant de la gloire,
Quand le foudre empyrée et ses traits destructeurs,
L'orage au vol de flamme à travers l'ombre noire,
Confiés aux guerriers par les Destins vengeurs,
Révèlent de plus près leurs sublimes horreurs ;
Quand Dieu remet le frein des terrestres tempêtes
Aux nourrissons de Mars, avides de conquêtes,
Que l'on voit au lointain rouler avec fracas,
Soldats, armes, coursiers, sur le champ du trépas,
Et les drapeaux enflés des brises de l'aurore,
Etaler sur les morts leur éclat tricolore.
Hors de lui, le guerrier brûle, s'exalte, il sent
Une féroce joie en son sein frémissant ;
Il jouit ; à ce ciel, à cet air qui l'entoure,
Il demande s'il est un charme plus puissant ;

De plus nobles transports que ceux de la bravoure.

Dans quelles mains le feu renaît de toutes parts !
Des grenadiers germains la féroce cohorte
Résiste inébranlable aux désastres de Mars.
Mais Gardanne, Gardanne intrépide s'y porte :
Il précède les siens dans ces vagues d'acier ;
Il livre, impétueux, la rêne à son coursier ;
Son fer semble l'éclair déchaîné sur nos têtes,
OEil furieux du ciel dans les noires tempêtes !

Mais la colonne d'Ott résiste à cet élan.
Des charges de Gardanne elle était ébranlée,
Et soudain Bonaparte y lance Kellerman.
Un intervalle libre, à travers la mêlée,
Les files de canons, les masses de soldats,
S'ouvre seul à ses yeux sur le champ des combats ;
Par là nos escadrons s'échappent en furie ;
Par là vous les voyez se déborder. Ardens,
Mais forcés d'admirer cette charge hardie,
Les héros éthérés demeurent en suspens ;
Des demi-dieux romains les mânes empyrés,
Animent d'un long cri ces plages azurées.

Bientôt, ô Marengo, de riantes moissons
Couvriront d'épis d'or tes plaines engraissées,
Si la nature un jour te prodigue ses dons,
Que de destructions à cette heure entassées !
Pères, époux mourans, soit qu'un mousquet guerrier
Ait pesé sur vos bras dévoués à Bellone ;
Soit que Pandour, Hulan, d'un sabre meurtrier
Vous fissiez voltiger la lame qui rayonne,

Vous ne reverrez plus le toit hospitalier.
Quand aux rives du Mein, du Danube rapide,
Douce étoile du soir, ou toi, soleil splendide,
Tu verras une vierge, attendrissant objet,
Exhaler ses douleurs en un soupir muet,
Une épouse cachant les pleurs de son visage
Sous un voile de deuil, aux accords du tambour;
Un père consolant sa douleur qu'il partage,
Soleil ! de Marengo rappelle-toi le jour !

Ah ! qu'il est douloureux de donner pour couronne
Aux étendards vainqueurs les crêpes de la mort !
O Desaix ! est-ce toi, toi, qu'un sang noir sillonne ?
Tes farouches hussards tous déplorent ton sort.
Que ne m'est-il donné d'accorder mille lyres,
Que ne puis-je aux accens, aux concerts les plus doux,
Dans ce vague néant, si peu connu de nous,
Où des travaux guerriers pour toujours tu respires,
Que ne puis-je, charmant des ténèbres de paix,
Que ne puis-je adoucir ton passage, ô Desaix !
Helas ! il succomba sur la poudre sanglante,
Lorsque son arrivée amenait l'épouvante !
Les soupirs de la gloire attestèrent l'instant
Où l'homicide plomb frappa ce combattant;
Ce cri, ce dernier cri qu'il jeta, c'est son âme,
Qui, pareille à l'aiglon, lorsque, dans ses essors,
Il va toucher le ciel ou les astres de flamme,
Les frapper de son aile ou de ses fiers accords,
A fui d'un vol heureux dans ce monde invisible,
Dans ce séjour divin, ineffable, paisible,
Que l'art ne peut dépeindre et cherche à concevoir,
Eden mystérieux, que l'éclair du génie,

Les modulations d'une vive harmonie,
Ou la molle douceur des rêves de l'espoir,
L'amour, l'enthousiasme, ou la divine extase
D'un cœur impatient que le désir embrase,
Et qui se désaltère à la coupe des Dieux,
Peuvent seuls figurer à nos débiles yeux.

Consul, cache ces pleurs que la douleur t'arrache.
Sous son affliction inclinant son panache,
Toute l'armée a vu ce guerrier attendri,
Regretter en Desaix un compagnon chéri.
Ces hommes durs, vivant hors des plaisirs frivoles,
Ces Nemrod dont la bouche avare de paroles,
Ne s'ouvre que pour faire obéir les humains.
Épouvanter la terre, ou régler ses destins ;
Ces demi-dieux, dont l'œil plein de force intimide,
Portent un cœur sensible ; ils voudraient vainement
Cacher l'effusion de leur âme rigide ;
Ils sont hommes : leur cœur sent plus profondément ;
Le volcan de leur sein ne tarit point leurs larmes,
Et plus violemment leur cœur bat sous leurs armes.
Sèche tes pleurs, Consul ! rien ne comble nos vœux.
Qui d'entre nous jamais a pu se dire heureux ?
La coupe du triomphe à la gloire assouvie
Offre avec des cyprès un poison dangereux.
Hélas ! c'est notre lot ici-bas ! quelle vie
Toujours pure coula loin du souffle orageux
Des malheurs, de l'amour, du crime ou de l'envie ?
Hélas ! il a raison le sauvage Chactas !
Le cœur le plus serein a de secrets combats,
Semblable au puits fameux creusé par la nature ;
Ce puits, que la Savane embrasse dans son sein,

La surface en paraît toujours tranquille et pure;
Mais si vous regardez dans le fond du bassin,
Vous découvrez alors dans ses grottes profondes,
Un large crocodile endormi sous ses ondes.
Nul bonheur ici-bas n'est pur. Lève les yeux;
Lève les yeux, Consul, vers ce brillant nuage
Que les pourpres du jour émaillent de leurs feux;
De là ces vieux héros, ces Romains demi-dieux,
De nos Républicains contemplent le courage.
Auprès des Scipions et de Cincinnatus,
Que distingue à tes yeux le casque et la tunique,
Vois le fils martial de notre République,
Digne, par son grand cœur, digne par ses vertus,
De suivre cette élite éclatante, héroïque,
Dans le temple d'airain de l'immortalité;
Contemple, vois Desaix dans l'Olympe emporté.
Là, d'invisibles luths la douce symphonie
Remplit d'accords divins l'empire d'Uranie;
Le nuage aux flancs d'or, dans l'espace agité,
S'élève, il s'amoindrit. Desaix tire son glaive;
L'élite des héros le salue et se lève;
Ses compagnons d'en bas le contemplaient encor;
Il fixait tous les yeux, mais la nue azurée
Arrive balancée, ainsi qu'un vaisseau d'or,
Au temple de la Gloire assis dans l'Empyrée.

FIN.

IMPRIMERIE DE SELLIGUE,
Rue des Vieux-Augustins n. 8.